KB116352

오늘도 어깨를 뚜들뚜들

일러두기
만화적 표현을 살리기 위해 작품 속 일부 글의 맞춤법 및 표기는 원작의 표기법을 따랐습니다.

"너 증말 싸가지두 없구 넘 귀엽당"
MZ 화제의 인스타툰

오늘도 어깨를 뚜들뚜들

뚜들리 지음

네가 방구를 뀌어도 나는 네 편

위즈덤하우스

옛날 옛적에 사부작사부작 그림 그리기를 좋아하는 한 말랑한 아이가 있었습니다.
본능적으로 귀여운 것들에 마음이 이끌리던 순수한 아이였지요.
어른이 되어 가는 과정은 참 힘들었어요.
그 아이의 맑은 마음을 좋아해주는 사람들 곁에서 사랑을 듬뿍 받을 때도 있었고,
순수함을 이용하려는 사람들을 만나 마음이 짓밟힐 때도 있었고요.
세상에는 밝음만 있는 줄 알았던 아이는 차차 어둠을 알게 되었습니다.
짧고도 길었던 어둠 속에서 빛을 찾아 밝은 세상으로 다시 나온 아이의 모습은
돌처럼 단단해진 모양이었습니다.

시간이 흘러 어느 날, 단단해진 아이는
자신의 순수함을 사랑해주는 말랑한 사람을 만나게 되었습니다.
단단해진 아이는 말랑한 사람의 관심을 듬뿍 받으며 책 한 권을 만들었습니다.
책과 함께 걷고, 노래를 부르고, 같이 웃으며 많은 이야기를 나누었어요.
그런데 아이는 기분이 줄곧 이상했어요.
아주 오래전의 일처럼, 다시 말랑해지는 기분이 들었거든요.
이제 비로소 단단하고 말랑한 어른이 된 아이는 웃으며 이야기합니다.

~~~

"어둠 속은 정말 무서웠어요."

"그 당시에는 정말 힘들었지만,
지금 생각해 보면 단단해지기 위한 성장통이었던 것 같아요."

"어둠이 있으면 빛도 있는 법. 우리 함께 빛을 찾아요! 용기를 내요!"

단단한 아이도, 말랑한 아이도, 어둠 속에 있는 아이도, 빛처럼 밝은 아이도,
이 말랑한 책과 함께 행복했으면 좋겠습니다.
아마도 이 책은 나도 모르는 새
무겁게 힘이 들어간 어깨를 뚜들뚜들 두드리며 말해줄 거예요.

"네가 뭐래도 나는 네 편이야."

멈이

풍실풍실한 회색 털의 강아지.
방귀 뀌는 것을 좋아해요.
친구들을 좋아하는 천방지축
장난꾸러기지만 마음이 여려요.

꼬순이

집에 있을 때 행복을 느끼는
꼬순내 폴폴 나는 집순이.
귀여운 얼굴을 하고 있지만
속은 누구보다 깊고 따뜻해요.

금순이

앙큼 살벌 통통 튀는 명랑 소녀.
표현을 잘하고 사진 찍는 것을
좋아하는 사랑둥이예요.

아가곰

작다고 무시하면 큰일 나요!
작지만 짱 센 귀여운 아가곰.
맛있는 음식을 먹을 때 제일
행복해요.

찹찹이

항상 꼬순이와 함께해요!
말을 하고 감정을 느끼는
특별한 인형이에요.
화가 나면 **찹노스**로 변해요!

꼬순이는
내가 지켜!

멈이 엄마

멈이를 사랑으로 잘 키워줘요.
따뜻한 마음씨를 가지고 있어요.

거북이 할아버지

시장에서 특별한 물건을 팔아요.
왠지 수상해요.

멈이의 같은 반 친구들

방귀를 좋아하거나
싫어하거나 둘 중 하나!

꼬순이의 짝꿍

이런저런 사고를 많이 쳐요.
반에 꼭 한 명씩 있는
사고뭉치 고양이예요.

나쁜 친구들

이번 책에서 악역을 맡았어요!

꼬순이 담임선생님

아이들을 사랑하는 좋은 선생님.
섬세하고 따뜻하게
아이들을 가르쳐요.

CONTENTS

Chapter. 4 귀여워서 합격입니다

Chapter. 5 오늘도 어깨를 뚜들뚜들

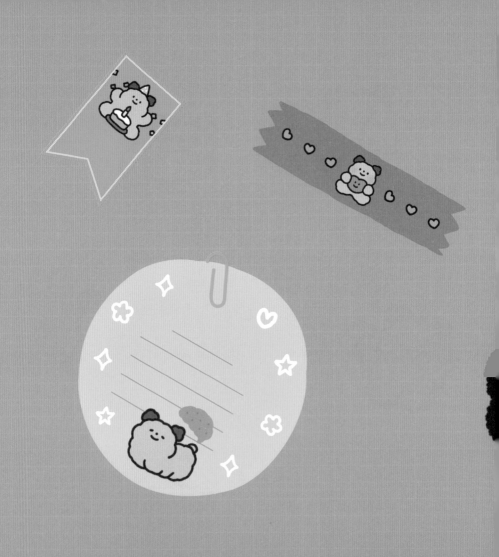

Chapter. 1

풍실풍실 방구는 고소해

후비적 후비적

방구쟁이가 된 이유

칭구들이 웃으니까 조타!!

뿌웅

뿌아앙!

뿌오옹

뽀잉~

내가 방구쟁이가 된 이유

새학기

응애시절을 지나

코흘리개에서

어느덧
늠름강쥐가 된 멈이

33

급식실

지잉

오늘 급식은 청국장

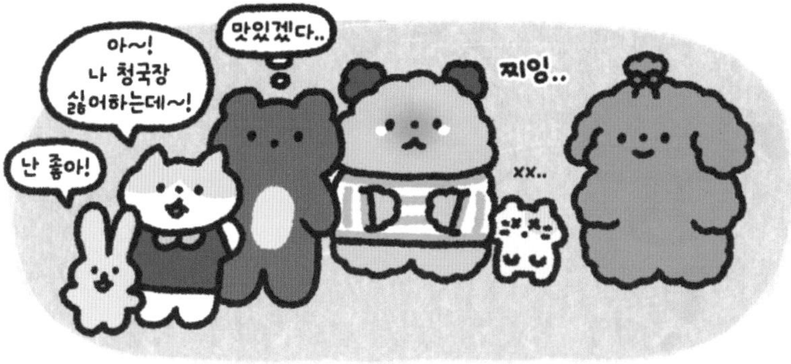
아~!
나 청국장
싫어하는데~!
난 좋아!
맛있겠다..
찌잉..
xx..

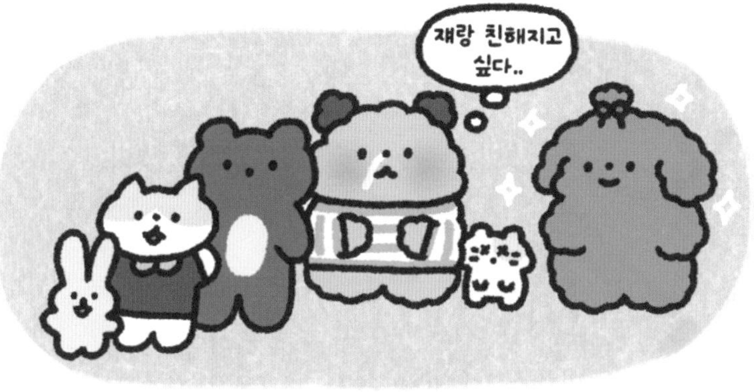
재랑 친해지고
싶다..

베스트 프렌드

달라붙진마

수업시간

어른스러운 꼬순이

발표도 잘하고

할 말도 똑부러지게 잘하고

친구도 잘 챙겨주고

공부도 열심히 하고

내 친구 꼬순이

그게 이 멈탐정의
수사 결과지 후후

탐정이 아니라
탐정~

그럼 엄마랑 시장 가는 길에
꼬순이한테 작은 선물 하나
해주는 게 어때?

선물..?

특별한 인형

특별한 선물

ㅋㅋ

꿈틀  꿈틀

응가 범인

따뜻한 골목길

마법의 새벽 3시

방구 인성테스트

야생의 곰이 출현했습니다

튀튀

자리 찾기

소소한 행복

진짜 내가 좋아하는 건 뭘까?

악몽

찹찹이

나의 비밀

난 남들에게 언제나
어른스러운 이미지!

하지만 나에겐
비밀이 있지..

바로 귀여운 걸
좋아한다는 것!

그것도 엄청나게...

귀여운 것들은

나를 행복하게 해

말랑말랑 하고

아주 포근해~

사실은 말이야

다 해주는 애

121

착한 아이이고 싶었어

좋아하는 것과 싫어하는 것

툭

괜찮아

꼬질한 강아지가 행복한 강아지

외로움을 잊는 법

갑자기 너무 참을 수 없는 외로움이 밀려올 때에는

공포영화를 보세요

그럼 이제 더 이상 혼자가 아닌 기분이 듭니다

찹찹이 분신술

142

쿠키 만들기

오히려 좋아

마법의 말투

• 사랑 •

148

149

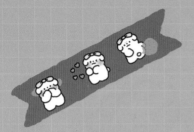

MEMO

Chapter. 3   너 증말 싸가지도 없고 넘 귀엽다

찾았다 내 사랑

난 최강 미견
금순이

언제나 예쁘고

2023년 ×월×일 맑음

오늘 먼지 같이 생긴애가
지갑을 주워주었다. 내 얼굴에
방구뀌는 남자는 처음이다..
이 감정은 뭘까...? 방구
냄새가 자꾸 생각난다..

관찰

너를 다시
만나기 위해

처음 만났던
그곳으로 매일 갔어

오늘부터 1일

공감

내가 누구 여친인데

끝말잇기

내 눈엔 다 예쁘지

볼살을 좋아함

뱃살도 좋아함

말랑한 곳은 다 좋아함

방심은 금물..

너 증말 싸가지도 없고 넘 귀엽당

내 모습

널 풀어주는 법

뒷말을 따라 해라

뭐가 꽃일까요

사진

중독적인 꼬릿함

안심되는 냄새

NOTE

Chapter. 4

귀여워서 합격입니다

난 무시무시한 곰

207

일할 곰 구함

여느 때처럼 친구들과
탱자 탱자 놀고 있던 아가곰

〈일할 곰 구함〉
열심히 일하는 곰에
게 도토리를 곁들인
*특제 과일 증정!!

아가곰 떠나다

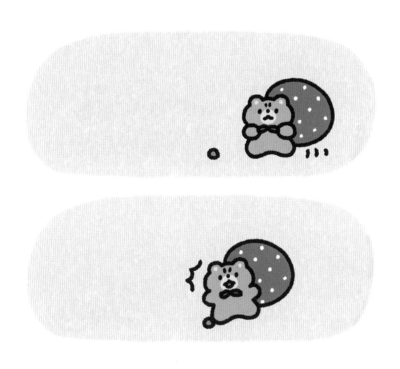

합격의 기준

갓생

어떡해해요?

넵 병

● 아끼는 옷 ●

뭐 입지..

왜 귀여운 나한테 모라하지

사직서

누군가의 소중한 아기

• 입사 1년 차 •

저 친구가 들어온 지도 벌써 1년이 지났구먼..

곰사원! 이제 일은 좀 할만한가?

입맛없고 토하고 설사하고 머리아프고 집에 가고싶지만 저는 괜찮아요!

잘 적응했구만

● 그래도 해야지 ●

딸기 프라푸치노

쭈오옵

곰사원님 업무시간에 왜 딸기 프라푸치노를 드세요?

딸기 프라푸치노를 마셔야 능률이 올라갑니다

쭈오옵

쭈오옵

아가곰 승진하다

영상통화

● 다 컸네 ●

Chapter. 5

오늘도 어깨를 뚜들뚜들

가보자고

눌러보세요

집단적 독백

우울과 우웅은 한 끗 차이

상처 밴드

반품 불가

너에게 쓰는 편지

눈으로 담아봐

산 주위에 있는
파릇파릇한 나무들도
너무 좋았고

작은 뭉게구름들도
귀여웠어!

그리고 자연의 냄새가
정말 상쾌했어!

통통한 강아지

오늘의 할 일

행운의 펭귄

이거봐바

000

행운의 하얀 펭귄이래
귀엽지?

난 옆에 뚱땡이가
더 귀여운데?

그럼 이 아이가
네 행운의 펭귄인 거야

따끈 말랑한 곰

비속어

비속어가 모야?

너 저번에 눈 엄청 오는 날에

나 두 시간 넘게 기다렸을 때 어땠어?

...

보고 싶었지

행운의 곰

연기대상

오늘부터 내 꿈은 너야

평범하고 꾸준하게

시간을 가져

오늘도 어깨를 뚜들뚜들

초판 1쇄 발행 2023년 9월 6일
초판 2쇄 발행 2023년 10월 17일

지은이 뚜들리
펴낸이 이승현

출판1 본부장 한수미
컬처 팀장 박혜미
편집 김수연
디자인 신나은

펴낸곳 ㈜위즈덤하우스　**출판등록** 2000년 5월 23일 제13-1071호
주소 서울특별시 마포구 양화로 19 합정오피스빌딩 17층
전화 02) 2179-5600　**홈페이지** www.wisdomhouse.co.kr

ⓒ뚜들리, 2023

ISBN 979-11-6812-755-5 03810

· 이 책의 전부 또는 일부 내용을 재사용하려면 반드시 사전에 저작권자와
　㈜위즈덤하우스의 동의를 받아야 합니다.
· 인쇄·제작 및 유통상의 파본 도서는 구입하신 서점에서 바꿔드립니다.
· 책값은 뒤표지에 있습니다.